KB075384

장철문 시집

바람의 서쪽

바람의 서쪽

차   례

제 3 부

제 1 부

마른 풀잎의 노래

씨르래기들아, 내 몸속에서
음악소리가 들린다
바랭이 풀섶 어두컴컴한 곳에서 노래하는
씨르래기들아
내 몸속에서도 물음표들의 음악소리가 들린다
물음표들은
내 몸통 어둑한 곳에서 뛰쳐나와
서로 부딪치며 저마다의 소리를 낸다
사위는 개망초꽃 사이에서
우는 씨르래기들아
물음표들은 저마다 푸른 소리가 있고
그것들은 서로 부딪치면서
때로는 빛살 속으로 迷妄 속으로 흘러간다
풀섶을 헤치면 너희들은 흩어지고.
耳鳴처럼 우는 씨르래기들아
내 몸속에서도
너희들의 노래 같은 울음소리가 들린다

雪 原

삶이 그치듯 눈이 그치고
산과 마을이
하얗다

먼저 내린 것은 녹고
나중 내린 것은
쌓여
지나온 자취마저
흐릿하다

산과 내와 마을과 들이
한 콧구멍이다

묻혀버린 발자국처럼 흘러간 죽음들이
얼음장 밑
시냇물로 흐른다

찔레씨만한 그리움이
온 산천을 숨쉬게 한다

穀雨날 바람

곡웃날 바람 속에서는 취나물 냄새가 난다
물오른 낙엽송 칡덩굴 감아올린
산허리
보리똥 이파리 빛을 뿜는데
산비알 너덜겅에서는 두릅 냄새가 난다
상고대 칼바람 스쳐간 가지
새잎 돋은 데
철쭉꽃 빛을 뿜는데
골바람 속에서는 덤불흙 냄새가 난다
고사리철 푸르른 산맥 뻗어간 산마루
단식 사흘날 같은 찰랑임으로
술렁이는
보리똥 이파리 빛을 뿜는데
곡웃날 바람 속에서는 산더덕 냄새가 난다

비로자나는 쉬지 않는다

산책로 삼거리 나무 그늘 사이로
햇살 밝고
개미들 분주하다
어떤 녀석은 제 키보다 더 긴 벌레를,
제 덩치보다 큰 씨앗을 끌고 간다
아까 올라간 뚱뚱한 아주머니는
벌써 꼭대기까지 돌아 내려온다
플라타너스 높은 가지에 노랑새가 울고
하루살이는 떼지어 난다
비로자나는 쉬지 않는다
아기는 아빠 손을 놓고
아장아장 걷고
쪽찐머리 할머니가 쥘부채를 쥐고
아카시아 그늘 아래 자빡하게 서서
숨을 고른다
아카시아 푸른 가지가 장삼자락을 치켜든다

두물머리 蓮밭

양수리역에서 두물머리로 가는 길 중간에는
작은 蓮밭이 있습니다
그 蓮밭은 꽃이 피거나 잎 무성할 때보다
잎 다 떨어지고
꺾인 대궁마저 말라비틀어져
썩은 연못에 반쯤 잠겨 있을 때가 좋습니다

몇년 전이었습니다
그 蓮밭에 취해 넋을 놓고 서 있었습니다
소금쟁이들은 발을 적시지 않고
물위를 걸었지요
놈들에게 돌덩이를 집어던지고 싶었습니다

그러나 침묵으로 썩어가는 연못에
숙연해져서
그냥 돌아서며
썩은 못물을 가슴에 퍼담았습니다
두물머리 닿을 때까지 퍼담았습니다

올해도 시린 바람 속에 그 蓮밭 만나러 갑니다
데친 나물처럼 미쳐가는
몸 데리고
밤 열시 청량리역에서
완행열차 표를 호주머니에 찔러넣고
그 작은 蓮밭의 침묵 들으러 갑니다

양수리 初雪

오늘은 첫눈 속에 양수리에서 능내까지 걸었다

첫서리 후려친 고추밭
또다시
첫눈 들이쳐
꽃이란 저토록 참혹타

바람은 팔당댐 쪽으로 비오리떼를 날리고
뼈시린 風葬 끝
눈부신 초설

첫눈은 목화송이처럼 들을 감싸고
제 무리에서 이만치 떨어진
비오리 한 마리
어느 틈에
기우뚱, 날아오른다

오, 부드러운 살!

이 엄동의 막바지 꽃샘에는
고춧대 사이
햇살 좀 비치고,
비오리떼
찬바람을 가르며 날아오른다

겨울 가지

생략이란 저런 것이다

꼭지가 들도록, 한 생애를
채웠다 비우고
모세혈관처럼
허공을 껴안은 가지들

그 시린 가지 끝의 서릿발
磁場에
가뿐히 몸을 부린
까치 한마리

저 작은 떨림의
가뿐함

저 매운 가지 끝에서
어느 허공이
다른 허공과 남일 수 있으랴

빗나간 노래

화장실 변기에 걸터앉아
매미소리를 듣는다
버스정류장에서 사육신묘 쪽을 바라보며
암청으로 차오른 숲을 팽창시키던
매미소리에
밑이 빠지듯 멎어버리던 의식의 물줄기를 끌어
한편의 시로 조직해보려고
청력의 대통을 대어본다
그 텅 빈 구멍에서 빠져나오며 보았던
여린 가지의 흔들림을
마지막 여운으로 살려보려고
안간힘을 쓴다
그러나,
어제보다 하늘이 성큼 높아졌다는 생각뿐
툭 틔었다는 것뿐
하늘이 팽창하는 그만큼 매미소리는 멀어진다

이중주

1

거역할 수 없는 상처가
물살에 뒤채이며
전신으로 덧날 때마다
아득한 통증에 의식을 무너뜨리며
集中凝聚!
여린 조갯살의 상처는 바다의
명치
시퍼런 집중
저 작은 결정에 집중하는
호흡의
품

2

천지가 다 하얀데,
새파란 대가
휘인 채

눈더미를 버틴다

그 품속에
참새떼 쪼잘거린다
그 곁에 몇송이 찔레열매

아하,
또 한마리 포르릉 깃든다

하——
저 커다란 품

花　舞

저 은하수처럼 흩어진 꽃들이
주고받는
파장, 파장, 파장

거기 단풍 든 감나무 잎새 몇개 떨어져,
세상은
또다시 다 비우는구나

저 꽃들과
비워진 숲이 주고받는
파장의 살결

안에 들어가 보듬을 수도 없는
밖에서 껴안을 수도 없는
넉넉한 긴장

내게 파장을 보내는, 저 꽃들
나무들

한 몇년 그리워해온 바다

내던져버리고

저 파장의 여울 속에 몸 던지고지고

마이크로코스모스

나는 그만 일출의 장관을 보아버렸다.
감당할 수 없는 침묵이 만들어내는
무한장력을
밀고 올라오는 햇덩이를.
웅덩이는 그만
침묵의
무한장력 속으로 빨려들어가고
아마도 그 순간에는
숲도 그만
숨쉬는 걸 잊었을 것이다.
그 웅덩이인지 연못인지 모를
어머니의 몸속에서
햇덩이 하나가,
어머니의 얼굴이 환하게
그걸 바라보는 이쪽까지 환하게
머리를 내밀고
뒤이어 목이 빠져나오고
몸통까지
우뚝

솟아오른 뒤
날개와
네 다리를 펴고
나머지
접힌 두 앞다리를 차례로 펴고
물위에
균형을 잡고 섰다 싶은
순간,
왱!

초겨울숲

저 남루 속으로 들어가고 싶다
비워진 숲의
한그루 참나무로 서서
여분의 피와 살 말리고 싶다
떨군 잎사귀야 서걱이며
흩어지든 말든
껍질 속에 잔류한 그리움 함께
삭풍에 떨고 싶다
겨울까지 푸르른 소나무
積雪에 넘어질 때
물관도 체관도 다 겨울잠 재우고
웃자라 병든 가지일랑
뿌리 곁에 떨구고
形骸만 남고 싶다
저대로 초겨울의 남루 드러낸 채.

기 쁨

비 한참 내리고, 씻은 듯 산과 들 푸르러
무지개도 섰습니다

두셋씩 고추모를 옮기던 아낙들이
두새두새 고랑을 타다
일순 고개를 제끼며
무더기 개망초꽃으로 흐드러졌습니다

멀찍이서 괭이질을 하던 남정네도
잠시 손을 놓고
빙긋이 망울 맺혔습니다

때 맞춰 바람 불어
고추모들이 잎새를 흔들며 한쪽으로 누웠습니다
밭둑가 은수원사시가
손바닥을 일제히 뒤집으며 갈채를 보냅니다

그 밭둑에 어린 개망초 한포기 흔들렸습니다

제 2 부

거기 가 쉬고 싶다

그대 영혼의 아름다운 빈터
거기
바람 설레는 데
터잡을 데 없는 씨앗들 와서
떡잎 틔우고 꽃 피우는 데
도둑제비 쉬어가고
바랭이 쇠비름 욱은 데
거기
부엉이 낮에 울고
풀무치 날고 패랭이 꽃피는 데

직 산

산이 낮아서 구릉이 오히려 넓다
말 또한 느려서
심성이 깊다
웬 길손이 이곳을 지나다가
무덤 속의 해골물을 들이켜고 천년 체증을 내렸다
그 트림소리를 듣고
바다 건너가 용을 안고 온 사람이 저 부석사 주인이다

봄마당

점심 숟가락 놓고 내려선 마당에
봄햇살 내린다
지난 설날의 瑞雪처럼
마당가
독새풀 위에
텃밭가 푸른 돌나물 위에

대추나무 마른 가지에
물오르라고
외양간에서 워낭 운다

작은형 묻힌 뒷산 기슭에는
진달래빛 옅고
뜰방귀 달팽이 껍데기에
햇살이 부시다

담장 곁 들장미 가지가 파랗다

洞口에는

참남지 하나씨가
바지게에 쟁기 얹고 뿔이 긴 암소 앞세워 간다

자전거가 있는 풍경

잠시 머리를 식히려고 내다본 사무실 창밖
자전거가 지난다
헐거운 평상복 차림의 할아버지가
곧은 자세로 자전거를 타신다
굳은 그의 몸이
물오른 봄버들마냥 부드러운 배광을 받으며
대책없이 밀리던 길이
갑자기 시골 읍내의 小路처럼 살아난다
할아버지의 흰 머리칼을 날리는 바람과
바퀴가
한통속으로 굴러간 뒤,
기억의 小路 하나 뻥 뚫린다

이제 막 비를 뿌리기 시작한 거리를
자전거가 달린다
흰 칼라의 여학생이 한손에 꽃다발을 들고
쏜살같이 빗속을 달리는
초파일 아침 광한루 옆 강변도로

그 옆으로 다시 미루나무 늘어선 신작로가 뚫린다
양옆에 보릿단이 누렇게 늘어선
모내기철 하교길
막걸리통을 좌우에 달고 짐자전거 덜컹거린다

햇살이 내린다

길 건너 무연하게 서 있던
우체통이 배시시 웃고
늦겨울의 배코 친 플라타너스가 우지끈우지끈
근육을 부풀린다

한　낮

마을에 잇댄 절집이 하도 고즈넉하고
먼 아이들 말소리가
꼭 고향 같아서
臥禪 핑계로 낮잠 한숨 잘 자고 났더니
뒷밭 호미질 소리가
어머니 같아서
목 길게 빼고 넘어다보니
마을 아주머니 하나가
몸뻬차림에
머릿수건 풀어 얼굴 닦으며 들깨밭을 매고 있는 것이었다

場 풍경

이거 천원에 다 디레 가소

파장 무렵 비릿한 생선냄새 속에
아들의 얼굴이 선해서

덜컥 가슴이 젖는다

하늘꽃

한평 남짓, 대문간 옥상에 올라가신 아버지는 종무소식이었습니다. "어채피 산동넨디, 저 어디 벤두리로나 가서 돼지나 한마리 키웠으면 좋겠어." 몇년 전 쉰 넘어 밥 한덩이 버리던 어머니가 한숨이셨습니다. 얼마 뒤, 아버지는 공사장 떠돌 때마다 시멘트 한보자기씩 자갈 한보자기씩 얻어다가 대문간 옥상에 텃밭을 만들었지요. "아부지 속터지는 일 좀 그만하세요." 큰형님은 옥상으로 왼종일 흙을 져올리는 아버지에게 짜증을 냈습니다. 오늘 그 하늘텃밭에서 아버지는 나발 같은 흰 꽃을 피운 百年草 꽃대에 야윈 볼을 비비고 계십니다.

들리는구나 애야 흰 꽃대롱 속에서
어린날 네 웃음소리가
네 자식놈
목젖 보이는 웃음소리가
고맙다 애야
이렇게 잦은비 뿌리는 날
손 노는 날 가려
왔구나 애야

빗방울 담뿍 머금고 왔구나 애야
너는 꽃대처럼 꺾어지고
네 몫까지 살아서
애비는 오늘을 보는구나
너를 보려고
날품팔이 하루 쉬었구나
괜찮다 애야
네 에미 넋두리 아직 우렁차고
네 아우들 여전히 귀가가 늦다
애야 거기서는 애비의 장남도
네 아우들의 형도 아니니
이승의 일은 이승의 일로 남겨두고
편히 쉬어라
그래, 가는비 이슬비 담뿍 머금고
가서 편히 쉬어라 애야

개망초 여울

자전거 빌려 타고 흘러든 두메, 골짜기를 향하여 굽이치는 개망초 여울에 휩쓸렸습니다. 여울 가운데 양주가, 안에서는 참깨밭을 매고 밖에서는 고춧대에 지주를 세우고 있었습니다. 거기 길섶에 자전거 세워두고 여울의 막바지까지 떠내려가보았습니다. 그 끝간데, 미루나무 몇그루 그늘 드리운 칡덤불 건너 오뉴월 땡볕도 푸른 바람으로나 몸바꾸는 잔솔밭에 흙냄새 깊었습니다. 작은 새는 방향을 알수 없는 데서 깃을 치고, 미루나무 우듬지 시냇물 소리에 속귀가 돋았습니다. 푹신한 솔가리에 등을 깔고는, 돌배기 누인 광주리 그늘에 놓아두고 콩밭을 맸다는 어머니의 젊은날 노동을 생각했습니다. 한낮의 그늘이 한참 돌아 땡볕에 드러난 아이가 빽빽 울어댈 때에야 땀냄새 물큰한 젖을 물리곤 했다는.

그 무진 강물 거슬러오면서 불볕에 취한 몸은 자꾸 까부라져, 파장길, 성냥한 쟁기날 길섶에 던져두고 코를 골던 아버지의 낮잠을 생각했습니다. 고무신 한짝은 풀섶에 모로 박히고, 구겨진 나들이옷 막걸리 자국에는 쉬파리가 끓었습니다. 대추알같이 붉은 목에는 개망초 꽃대 하나 그늘져 있었습니다. 밥풀때기 일삼아 흩뿌린 여울 가운데, 더

위먹은 듯 핸들이 자꾸 꺾였습니다. 머물 수 없는 것들은 저마다 흐르고, 흐르지 않는 것은 없어서 그날의 아버지처럼 자꾸만 눕고 싶었습니다. 신발 한짝 개망초 여울에 떠내려보내고 막걸리 냄새 흩어진 길섶에서 쉬파리나 동무삼아 해를 넘기고 싶었습니다.

서정리 이모

이모가 전화하실 때는 곧 수화기 밖으로 뻗어나올 것 같
은, 야이, 머시마야── 그 느닷없는, 경상도 사투리 넌
출과 전라도 사투리 넌출이 한 밭둑을 타고 넘는다. 그만
가슴에서 지리산 줄기 하나가 꿈틀 일어서는 것이다. 뱀사
골에서 오미자 덩굴을 헤치다가, 한치 앞 나뭇가지에 또아
리 튼 까치독사와 딱! 눈이 마주쳐버린 그 얘기를 하실
땐, 거 참, 어떻게 살아야 이모 같은 장단이 익을까. 딸
여섯에 아들 하나인 우리 이모. 이모부 생일날 딸년들 몫
으로 떡 한말 쪄놨다가 썩을년들 한년도 코빼기 안 비치면
광주리째 아영중학교 앞에 들고 가서 나오는 놈마다 한놈
씩 이눔아, 왜 그리 어깨가 처졌냐? 이거 한덩어리 묵고
가그라. 이 세상 새끼들이 다 내 새끼마냥 짠해서 아나,
너도 한쪼가리 묵고 가그라! 뱀사골 오미자 맛이 시고 달
고 쓰고 짜고 맵고 넓은 우리 이모 성깔만할까. 집앞 수렁
논, 독정골 바우밭, 동구 감자밭, 갯봇들, 그 큰 논밭 다
거두고도 펄펄 힘이 남아 남원 전주 이리 서울 딸년들, 동
기간들 보따리 보따리 싸 보내고, 바쁠 때는 백년손님이고
뭣이고 줄줄이 불러들여 논밭으로 내몰고. 이모가 보내주
신 고들빼기, 취나물, 태양고추, 애호박, 팔뚝만한 우엉은

제각각 우리 이모 성깔 한가지. 어떻게 살아야 우리 이모 같이 한세상 불콰할 수 있을까, 올커니! 이모 생각만 하면 내 마음 서정리 들판 보름달밤 되는데, 내일 새벽기차로 이모 오신다는데,

눈 녹는 날, 절집

공양주 할머니 마루 훔치는 소리
우리 할머니 태양초 너는 소리

어느 해 눈 많이 온 동짓날
방학식날
새알 빚던 손으로
언 손을 꼭 싸주셨지
그걸 기억하는 손이 꼬물거린다

문풍지에 눈 녹이는 햇살

할머니 뒤란 돌아가는 소리
헛기침 소리

마음이 노오란 미영꽃으로 핀다

할머니가 이 몸으로 숨을 쉰다

  * 미영꽃은 목화꽃의 고향 말이다.

청설모

빽빽한 소나무숲 속에서 무언가 후다닥 가지 위로 달려 올라가다간, 휙 이쪽을 본다. 길고 탐스러운 꼬리에, 날씬한 검은 몸이 영락없는 청설모다. 소나무 가지에 날름 앉은 녀석의 작고 까만 눈이 영검하다. 먼 기억 속에 언젠가 한번은 만난 것 같은 그 마음으로 나는 서 있다. 어쩌면 어머니도 꼭 그 마음으로, 당신이 그 안에서 나온 것만 같은 까만 눈을 들여다보고 앉았고, 나도 또한 그렇게 당신의 눈을 바라보고 누워서 서로 어르던 때 있었거니, 당신은 그 영검으로 날 키우셨거니,

오래 바라보다간,

울창한 소나무 사이로 청설모도 나도 갈 길을 간다.

낡아가는 것들

아버지는 이제 케케묵은 것들을 모으지 않는다
귀떨어진 화분, 못 박힌 각목, 알루미늄 새시,
쓰다 남은 벽돌과 모래, 자갈 들
어머니가 어디서 고추 모종을 얻어오면
작은 고추밭이 되던 궤짝과
깨진 함지들
어딘가 한구석이 비거나 비틀어지면
거기 가서 빈자리를 메우고
헌 데를 깁던 판자와 철사들
아버지는 이제 당신이 모아둔 물건처럼
당신을
안방 한구석에 던져두었다
찬장 선반이 삐걱거려도
연장궤의 못들은
당신의 허리처럼 꺾인 채
아주 녹이 슬어 모로 누웠다
아버지는 이제 TV 앞에 당신을 꽂아놓았다
눈에 띄지 않게 제자리를 찾아가던 것들은
거리에 버려진 채

더이상 화장실 뒤쪽이나 지붕 밑을 찾아들지 않는다
당신의 골목도, 살림살이도 자꾸 녹슬어간다

고　해

　아무것도 오지 않았다. 올 것은 없다. 풀무가 쇳덩이를 녹이듯 녹일 것밖에는 없다. 내 가슴속 검은 강물 위에 떠다니는, 검은 산. 추곡수매가 있던 날 밤, 애비는 에미의 머리채를 끌었다. 에미가 허리를 다치며 따놓은 감들을 작살내며 악을 썼다. 그날로부터 열여섯 해를 나는 가위눌려왔다. 애비는 김장독을 에미의 이마에 던졌다. 부서져내리던 사금파리, 사금파리, 사금파리…… 그날로부터 나는 모든 날카로운 것들과 싸워왔다. 내 왼쪽 가슴에서 쇳조각이 녹슨다. 백열전구 아래서 번득이던 칼날, 그것이 가슴속으로 뛰어들었다. 혈관 속에 녹물이 풀린다. 오늘까지 나는 세상을 자정이 넘은 거리로 보아왔다. 병든 역사에마저 둥지 틀지 못한 애비는 역사처럼 술취했다. 애비여, 개새끼들이여. 이렇게 외치지 않고 나는 쇳조각을 녹일 수가 없다. 한발짝도 나아갈 수가 없다. 내 혈관 속에 형체도 없이 뿌리내린 지난날들은 내 살 속을 흐른다. 올 것은 없다. 풀무로 쇠를 녹이듯 녹일 것밖에 없다.

제 3 부

난지도의 아침

명아주 수풀을 헤치고 동편소리로 날아오른 장끼가
새벽을 때려눕힌다

밤내 앓던 산이 우지끈!
꽃핀다

족제비가 아카시아 덤불 아래
막무가내로 달린다

푸르름이 이토록 뼈아파서
평화 없이는 갈 수가 없다

수박밭둑

물큰한 썩은 내, 애기 수박들이 예쁘다. 파랗게 질린 넌출들이 막무가내로 밭둑을 기어오르고. 엄마 저승은 어느 쪽이에요? 아직 떠나지 못한 영혼들이 말똥하게 하늘을 올려다보는. 푸른 밭둑 무녀리 애장터.

얼마나 많은 나무들이

얼마나 많은 나무들이 쓰러졌을까?
얼마나 많은 벌레들이 집을 잃고
햇볕에 말랐을까?

한 뭉치에 백권씩 이백 뭉치의 책더미를, 아니
나무 등걸을
숲을
천장에 닿을 때까지 쌓는다
개미핥기의 입김만으로도 태풍이 되고
원주민 인부의 오줌발만으로도 노아의 홍수가 되는
보이지 않는 숨결들의
부서지고 으깨지고 표백되고 잉크가 찍힌
집을 쌓는다

이 중에 몇 권이 꼭 만날 사람을 만나
그를
얼마나 오랫동안 창가에, 혹은
길모퉁이에 세워둘까?

그 많은 교정지를 넘기면서도 듣지 못했던
환청을
책을 쌓으며 듣는다

얼마나 많은 새들이 어지럽게 날아올랐을까?
얼마나 많은 짐승들이 숲의 끝까지 달렸을까?

이슬 한방울로 하루치 양식이 넘치고
깊은 숲이 조율하는 바람구멍이 아니고는,
그 작은 파닥거림을
하늘에 바칠 수 없는 것들

얼마나 많은 숨결들이 여린 살과 노래를 잃었을까?

가 뭄

메마른 대지 한줄기 비로
적시고 나면
먼지 앉은 호박밭
더는 내려다볼 수 없고

말라붙은 강바닥 적시고 나면
깨복쟁이 이쁜 엉덩이들
어루만질 수는 있지만,
푸른 천공 더는 날 수 없고

시든 콩밭 푸르게 적시고 나면
바람 한자락 맑게 씻어
두런두런 산두밭 매는 내외
훤한 이마 훔칠 수는 있지만,

햇살 받아 빛나는 은빛 뭉게구름
더는 손짓해 부를 수 없고

이내 구름의 몸으로, 더는

死産하는 노래

균열을 노래하는 것이 더 그럴싸할지 몰라,
추락을 노래하는 것이.
떨어지려는 순간의 아찔함이
꽃들을 절정에 이르게 하는지도 몰라.
끊어진 다리 양끝에 팔다리를 묶고
등줄기로 자동차들을 질주하게 하는 상상은
노래가 될 수 없을까?
금 간 아파트에 내맡겨진 몸이
균열을 감지하는 순간의
아찔함으로
노래는 꽃망울을 터뜨릴까?
개가 짖듯이 별들이 컹컹 짖어대고, 풀들이
모가지 묶인 가마우지처럼 꺽꺽거리고
밤알들이 붉은 꼬마전구들처럼 곤두서서
피를 뚝뚝 흘리는 상상은
노래가 될 수 없을까?
내 몸 어느 구석에서 신병 앓고 있을까?
물풀 곁에서 하늘거리다, 문득
소스라치게 여울을 거슬러오를 등푸른 노래는

사　이

김시인에게

物質과 마음 사이에 나는 산다.
無明과 記號 사이에 나는 산다.

그 사이에
　　섬은 없다.

　浮遊하는 삶에는 외로움. 외로움은 절망에 먹힌다. 절망
은 비애에 먹힌다. 삶은 고통이지만, 미안하지만, 西方은
없다. 죽음은 통과의례일 뿐이다. 그러므로 나의 유일한
희망은 생활이다. 비애는 생활의 강에 흐른다. 개밥풀이
떠다닌다. 검은 하늘을 박쥐가 선회한다, 유유히.
　가랑이가 찢어지며.

　박쥐는 날개를 펴 강폭을 덮을 것을 꿈꾼다.
　비로자나를 꿈꾸는 개밥풀!
　(ㅎㅎㅎ……)

　비로자나는 꽃이 아니다. 장엄이 아니다.
　똥과 장엄 사이에 나는 산다.

삶은 고통이지만, 미안하지만, 離脫은 없다.

기워진 손

菌絲처럼, 손가락 사이에서 너덜대는
실밥들. 프랑켄슈타인처럼
기워진 손
자꾸만 미궁으로 빠지는
生이
개장국처럼 끓는다
찢긴 손에서 꽃망울 터질 때
번지던 후끈한 비린내!
눈꼬리 씀벅이는 사금파리 언저리
흩어진 꽃잎에 대고
뒷골이 소리쳤어
내게도 토해낼 꽃이 있었다니!
술잔이 깨질 때, 술들이
아우성을 치며
서로에게 위험의 신호를 보내듯
신경은 왱왱거리며
모기소리를 내고, 모세혈관들이
실지렁이떼처럼 꿈틀거리는
불면의 통증

손가락 상처 하나에도
온몸은 집중한다
철조망처럼 얽힌 실 사이
물샐틈으로
코요테처럼 소리치며 치달릴 피톨들
生은
이 왱왱거리는 통증으로 엄연하다

燈

毒도 품으면 살이 되어서
저리 환하게
이승의 고샅을 밝혔습니다

뿌리 곁에 나풀대는 비닐
치솟는 가스에
잎이 검은,
난지도 꼭대기 바람받이

힘겹게 밀어올린 꽃대궁
한송이
불끈 피워올렸습니다

밑동에 따순 흙 한줌
낳아놓고
제 몫의 등불을 밝혔습니다

저시사리

한겨울
흰 눈으로 솜이불 덮고, 볏짚으로
속이불 꽁꽁 덮고
앉은뱅이로 자라는

할머니 입맛 없다
집앞들 봉답 곁 방죽 윗배미
눈 쓸어내고 볏짚 들추고
비늘 같은 얼음 털어 뽑아낸

눈 덮인 소래기 열어 장 퍼다 찌트리고
깨소금 고춧가루 설설 치고
어머니 꺼칠한 손으로
버물버물
파릇파릇 성깔 그대로 살아있는

우리 할머니 전라도 사투리 입담 맛 나는
저시사리 겉절이 !

　* 저시사리는 얼갈이 배추 봄동의 고향 말이다.

모기는 둥글다

불을 끄고 누우니 낮에 들어온 모기가
왱!
비행 신호를 보낸다.

오늘 낮, 숲속에서
녀석이 팔뚝에 사뿐 내려앉을 때는
바람이 스치는 것 같았다.
오른손을 왼손에 포개고
어깨에 힘을 빼고
바람과
나뭇잎의 설레임과
언덕 아래 물소리를 듣는 중이었다.
녀석이 내려앉을 때
어찌보면 날렵하고
어찌보면 우아하기까지 한 착지에 나는 그만 감탄했다.
녀석은 호흡을 가다듬는지
혈관을 찾는지
한동안 잠잠하더니, 이윽고
자세를 낮추며 살갗을 쑤시고 들어왔는데,

그건 참 관능적이었다.

그 사이, 내 속에서

녀석의 흡혈에 대한 두려움과

피를 부당하게 도둑맞는다는 인색이

몇번이고 갈마드는 것을 보았는데,

한편으로는 흡혈의 본능을 가진 녀석들에게도

그 배라고 할 것도 없는 뱃속에

제 남정네와 함께 잉태한 생명이 숨쉴 테고,

이 세상 남편들로 하여금

자정 지난 시장 골목을 뒤져 순대국을 사오게 하는

여편네들의 식욕 같은

그런 식욕이 없으란 법 없다는 생각이 드는 것이었다.

갈수록 더해지는 가려움증을 느끼며 나는

팔뚝에 잔뜩 힘을 주었는데, 놈은

주둥이를 꽂은 채 버둥거렸다.

녀석의 필사의 탈출 기도에 대한 감탄과

피에 대한 인색 사이에서 나는 그만

잠깐 의식을 놓쳤고, 녀석은

재빨리 주둥이를 빼고 날아올랐다. 그때

허공을 가르던 내 손이
주춤, 하는 걸 나는 보았다. 녀석이
기우뚱, 엄지와 검지 사이로 빠져나가는 것을.
녀석들에게도, 그 가늘고 긴 다리를 두고
늘씬하다느니, 오동통하다느니
안짱다리라느니
하는 말들이 있을지 모를 일이었다.
개굴창 쪽으로 날아가는 녀석을 멀거니 바라보는 사이
오랜만에 녀석의 주둥이 맛을 본 살갗은
어느새 뽈록 부풀어 있었다.

말하자면, 그런 낮의 일을 생각하는 사이
어둠속에서
다시
왜앵!
날아오른다.

신겨엉 일도옹 차렷!

미륵사지 옛적

기우듬히 하늘 비워낸 서탑도 서탑이지만, 거긴 참 어여쁜 스님 한분이 계셨어요. 갈대숲 이만치 다소곳이 합장하신 쑥부쟁이님이신데요, 그분께서는 백젯적 기왓장 사이에서 무상에 들어 계셨어요. 둘레엔 수천의 고깔 쓰신 고마리여승님들이 승무를 하고 계셨는데요, 가을날 땅 위에 내린 미리내님이었는데요. 이제 가보니 그새 가시고 안 계시더라구요, 아마도 금빛 동탑 아래 꿈에 드신 채 입적하셨는지요.

* 어느 해 미륵사지에 가서 군락을 이루어 꽃을 피운 고마
  리를 본 적이 있다. 고향에서는 돼지고구마라고 부르는데,
  돼지가 맛있게 잘 먹는 풀이라서 그러는지도 모르겠다.

부러진 날개

날갯죽지 부러진 검은 새가, 유선의
검은 파도에 떠밀린다

아득한 벼랑에 걸린 햇살
바위 틈서리에서
목울대를 세운 어린것들

소스라치게 날개를 치켜들던 새는
맞은쪽 날개마저 부러져
숨이 차다

검은 물결은 통증처럼 밀려오고
눈앞에
잔고기떼가 선하다

필사적으로 뒤척이며 떠밀리는 새
새
새
새

검은 파도 철벅이는 단애
고요한 바위 틈서리
둥지에는
허기진 황혼이 눈부시다

불개미주의보

팔뚝이 따끔거리며 벌겋게 부어오르고
목덜미에 붉은 반점이 생기고
사타구니가 얼얼하고
머리통이 환장하게 따끔거린다.
불개미의 출몰은
강변도로에 늘어선 자동차 행렬 같은
작고 검은 개미의 행렬이,
과자부스러기나 유자차 얼룩을 회차 지점으로
끝없이 이어지던 행렬이
사라지면서부터다. 바퀴벌레들은
살충제를 먹고 음습한 그들의 소굴로 돌아가
다른 바퀴들과 약성분을 나눠먹고
연쇄살충효과를 낸다지만,
개미들은 제 종족이 삼키고 죽은 독을
살아남은 몇마리가 모두 삼켜서
사람에게 돌려주는 것인지,
몸을 반쯤 뉘고 아홉시 뉴스를 보는 사이
유리가루에 찔린 듯 따끔거리면서
온몸이 벌겋게 부어오른다.

녀석들은 검붉은 집게 끝에 맺힌 독을
혈관 속에 주사하고, 내 몸의 세포들은
이 나라의 공화국들처럼, 기업들처럼
분열한다. 그런 밤이면, 나는
꿈을 꾼다. 머리가 몸통보다 크고
집게 끝이 붉은 개미가
온 도시를, 온 나라를 점령하는,
내가, 사람들이
개미에 질겁을 하며 폭도들처럼 달아나는,
내가 광고주가 되어
새로운 개미약을 광고하는 꿈.

좌   선

다락을 치운다, 몇십년 먼지구덕으로 버려둔 채
구년묵이들만 처박아놓은

목이 잠기도록 먼지가 날고
쥐똥이 구른다
아버지가 붓글씨 연습을 하던 신문지가 나온다

할아버지의 헛기침이 나오고, 할머니의
한숨이 나온다
남몰래 훔쳐보던
순임이의 흰 종아리가 보인다
쥐오줌에 얼룩진 경전들이 쏟아진다

좁은 창문을 부수듯 열고
햇빛을 받아들인다
거미줄을 걷고 쥐똥을 쓸어내고
오늘치의 바람을 들이고 볕을 부른다

내가 알지 못하는 할아버지의 묵은 원한이 나오고

할머니의 처넛적 담넘이 풋사랑이 나온다.
미처 읽지 못한 책들과
가보지 못한 산을 그린 지도들이 펼쳐진다

어떤 물건은 한구석에서 염소고집으로 버티고
어떤 물건은 조용히 비켜나가는 듯하다가
다리를 걸기도 한다.

묵은 것들이 끝없이 쏟아지고
퀴퀴한 냄새가 가시지 않는다
구석에 처박힌 춘화집의
묵은내가 확 끼치며 턱 숨이 막힌다

제 4 부

머루주가 익는 밤

용민 형에게

한밤에 깨어 찬 소주를 마신다
서가 귀퉁이에 머루주가 익고
건넌방에서 어머니가 몸을 뒤챈다
머루주는 먹빛으로 우러나고
물이 어는 새벽,
시린 소주가 불을 일으킨다
머루의 즙과 소주의 독이
서로 지지 않으려고
머리를 디밀고 버팅기며
아픈 고비를 넘길 병 속은
잘 우러난 먹빛으로 고요하다
영혼은 소주처럼 맑아지지 않고
몸은 혼곤함 속으로 자꾸 빠진다
머루즙과 소주의 독은
지금 저 침묵 속에서 안간힘을 쓰는 것일까
혼곤한 몸살이 몸속에 새로운 질서를 부르듯
어느 한순간
확 까무러치며, 두 몸은
새 몸속으로 자신을 밀어넣는 것일까?

침묵 속에서 미쳐갈 병 속이 아파서
다시 소주를 붓는다
잔 속의 차고 투명한 비웃음은
내 몸과 함께 혼곤함 속으로 풀려가고
병 속의 알갱이들은 더 깊숙이 몸을 섞으며
한꺼풀 불콰한 머루빛으로 익는다

난지도 가는 길

감전되었다. 달군 쇳덩이 같은
불덩이 하나가
칡덤불 밑의 향기로운 흙 같은
날아가는 새의 살 같은
불덩어리가
가슴속에 둥지를 틀었다
다른 생각을 하려고 할 때 놈은
머릿속을 공황상태로 만든다
다른 말을 하려고 할 때 놈은
혀가 꼬이게 한다
놈은 지하처럼 음습하며
사금파리같이 빛나며
새처럼 가볍다
추레하고
새앙쥐 썩는 냄새가 난다
바람 같아서
닭발 같아서
옷매무새를, 정신을, 발걸음을, 호흡을
헤집는다

내 속에서 괴물 하나가 자라고 있다
놈은 프로판가스처럼 위험하다
저 아래 어둠속에, 칡덤불 아래
흙냄새가 난다
놈은 끝없이 울타리를 넘어서
또다른 금지구역으로 간다

새

누추하여라, 마악 비릿한 수면을 차고 오르는
갈매기의 비상은

그들의 영혼은 날개에 깃들지 않는다네
날개를 지탱하는 뼈들이
모래 위에서 뒹굴 때
보았네, 때에 전 날개의 뻐근함이
거기 함께 몸 누인 것을

비상하는 모든 새는 지상에서 활주하고
그 몸의 무게와 고도만큼
피로하다

날개는 때로 어깻죽지에서 이탈한다
부러진 한쪽 날개를
받쳐들고
지상에서 발을 떼는 일의 눈물겨움이여

마악 수평선과 평행을 이루며

미끄러지는

새,

모든 새의 날개는 지상으로 부서져내리고

그들의 뼈는 바람에 흩어진다

BLEU

한낮의 졸음에서, 문득 깨면
네 선율이 들려
거리에서도, 불현듯 너의 선율을 간직한 세포들은
너의 음악을 연주해

네가 있어서 세상이 있었어. 너의 농담과 쓸쓸함이 있어서
하늘은 푸르고, 숲은 우거지고
바람은 노래했어
아니? 땅이 있다는 게 얼마나 환희였는지

몸통을 쓰레기통 속에 구겨넣고 싶어
내 몸에선 악취가 풍겨,
네가 없으므로

내게도 특별할 건 없었어. 울기도 하고 웃기도 하고
때로는 히스테리도 부렸지
그래, 하지만 네가 있어서
가닿을 수 있었어, 심연에

아니? 우리의 노래가, 너와 내 몸통 속에 흐른 걸
혼자는 갈 수 없어, 거기
네 선율을 간직한 세포들 속으로 날 구겨넣고 싶어

일그러져도 좋아, 거기 갈 수 있다면
너와 함께
흐를 수 있다면, 모과향처럼
몸통 밖까지

바다 유감

사내는 토막난 갯지렁이를 바늘에 끼우고
아내는 어린 전복을 딴다. 아이들은
말미잘 주둥이를 꾹꾹 누르며 시시덕거린다.

저 일상으로부터 나는 언제나 멀었다. 오늘까지
저 바라보이는 것들을 향하여 걸어왔다.

아이들은 불가사리를 실에 묶어 웅웅 돌려댄다.
어린 전복을 따다 허리를 펴며 희게 웃는 아낙.
사내는 빈 낚싯대를 들어올리며 아내를 본다.

바라보이는 것들과 나 사이의 건널 수 없는 강.
내가 바라보며 걸어온 지평선은
언제나 내 앞에서 바다에 몸을 부렸다.

썰물진 한낮이 무료한 말미잘아,
너도 참혹한가.
몸통뿐인 네 몸뚱어리가,
갯벌 위에 폐허로 드러난 네 꿈이.

먼 길

한 며칠 떠돌다 돌아오면, 편지 잘 뜯어보시는 아버지도 뜯어보지 않은 봉투가 방 가운데 던져져 있다. 순간 시커먼 바윗덩이 하나가 가슴으로 쑥 들어선다. 작가회의 회원인 탓으로 꼬박꼬박 부쳐오는 『작가』, 원고료 대신 보내오는 『현대시학』, 시나 꽁트를 준 인연으로 받아보는 잡지, 사보들. 시인이라는 것이 때로는 불면의, 백일몽의 망상보다 더 귀찮고 번거로울 때가 있다. 길 건너 허름한 아파트 모서리에 비낀 上弦을 치어다볼 때, 여름 밤하늘의 은빛 새떼를 볼 때, 문득 시에 허기져 안달하는 내가, 밑모를 집착이 무섭다. 무엇보다 두려운 것은 깊은 곳에서 내가 시인인 것을 수락해버린, 그 엄연함을 수락할 때이다. 어버이날이 보름은 지난 늦은 봄날 시외버스정류장에서 땟국 낀 카네이션을 고쳐 다는 할머니를 만날 때, 하필 같은 버스를 타서는 그네의 타관에 사는 자식 얘기를 들을 때, 나는 비로소 안다. 나는 시인이며, 가야 할 길이 있다. 메모지에, 워드프로세서에, 무엇보다도 머릿속에 그려대지 않아도, 저 오월의 햇살을 받는 산빛 그대로를 수락할 때까지, 먼 길을.

曲　調

돌아설 수 없는 길
저렇게 사무치는 초록이
가을로 기우는 것 보니
가슴 한켠 매캐하다
벗들 다 자리잡았다 하고
애기 낳았다 하고
마음은 괜찮다 괜찮다
저 혼자 달래고
그래도 다정한 벗은 있어
될 게다 잘될 게다 다독이고
이렇게 바람 살랑이니
마음 덩달아 설레이니
가슴에서 누룩 익는다
바른길 두고, 겁은 많아서
귀는 엷어서
에움길 까마득히 돌아와
어디가 시작인지
어디서 끝날지 모르는
이 길에서

기우는 초록을 본다
돌아설 수 없는 길
저렇게 가을로 기우는데,
가다 보면
아으, 갈매빛 진저리
한 고비
기우는 날 있겠지
혼자 달래며 나오는 숲길

겨울, 대진 바다

  그 해 청량리역에서 밤기차 타고 정선으로, 몰운대로, 여량으로 떠돈 적 있다. 구절리에서 밤기차에 늘어진 몸을 싣고 그 무슨 바다를 보겠다고 다시 동해까지 간 적 있다. 새벽녘에 동해역에서 묵호항 가는 버스 탔는데, 아뿔싸! 묵호 시내 질러 대진 종점으로 들어가는 버스였다. 다시 묵호항 가는 버스 되집어타고, 깜박 졸다가, 화들짝 고개 들었는데, 거기 풍! 뚫리는 바다, 겨울 대진이 거기 있었다. 벌떡 일어나다가 꽈당 한바퀴 굴렀는데, 무슨 상관이랴! 가슴 미어져 올라오는 그것을 내 보았느니. 그때 짐짓 눈먼 길 하나 보았는가. 바다는, 뭐랄까, 풍 뚫린다. 앞이 뚫리며 뒤도 뚫린다. 파도가 발밑까지 쳐들어오는 큰 길가 백사장, 갈매기떼가 아이들처럼 하얗게 끼룩대는 그 무진 초록 천지 앞에서 발 동동 구를밖에 도리 없던 그때를 생각느니, 가슴이 풍풍 뛴다. 나 그때로부터 내내 바다로 잘못 드는 길 찾아왔거니.

마포, 1996년 겨울

더는 나아갈 수 없는, 저 눈부신 난간에서
한걸음 더 나아가고 싶다.
내가 아껴온 몇채의 폐사지와
겨울숲,
깃을 치는 작은 새의 기억들 두고
밤 사이 허리 잃은 육교
저 층계로
아무일 없는 듯 걸어올라가
가뿐한 한걸음 내딛고 싶다.
오랜 상처와, 내가 걸어온 길의
코스모스였던 사유들, 발목이었던
고통들, 바람의 출처였던 비애들
신발로 벗어두고.
내어딛을 때의, 사타구니의
시큰함마저
천연덕스럽게 내려다보며,
한 우주도 너끈히 들어갔다 나올
저 허황함 속으로
퇴근길의 특별할 것 없는 귀가처럼.

겨울 거울

나뭇가지가 바람에 걸려 떨고 있다
바람이 아프고 나뭇가지가 아프고
사람이 아프다
사람에 걸려 바람이 떨고 있다

切頭山

이런 청명 가을날에도
하느님은 얼마나 바쁘실까.
성모님의 일도
결국 당신의 일이어서
저 수백의 촛불 헤아리시자면
스트레스도 받으실 거야,
샐러리맨처럼.
묵주알처럼 오물거리는
입술들에 숨결 불어주자면
당신의 입술도 타들어가겠지,
어머니처럼.
당신을 위해 목 드리울 일 없는
이런 사람은,
어느 따뜻한 아랫배가 슬어놓은
둥글게 타들어가는 촛불들 중에
제 소원 하나라도 덜어
바늘 틈새만한 쉴 짬이라도 좀 내드려야지.
바람 하나 줄어들 때
미움도 하나 함께 스러질 테니
당신을 위해 그런 작은 일이라도 해드려야지.

겨울 서신

당신이 헐벗고 내가 헐벗어서
겨울산이 스산하다
바람이 사방팔방으로 와서
여기까지 오는 길이
춥고 허기졌으나
손과 손이, 가슴과 가슴이
만나서 따뜻하다
당신은 더 깊이 파고들어라
흙이 겨울 씨앗을 받듯이
깊이 안으마
우리 이렇게 겨울나무처럼
아랫도리가 젖어서
낙엽을 덮고,
바람은 웃풍처럼 지나간다
당신과 내가 헐벗어서
겨울산이 더 깊이 저를 비운다

바람의 서쪽

바람 부는 충적토 지석묘 곁에 서면
이렇게 서 있는 것이 오늘만이 아니다

이 구릉에서 돌창을 다듬은 사나이도
잔솔밭으로 달리는 고라니를 쫓다간
바람 밀려가는 서녘을 바라보곤 했을 것이다

고타마만이 가부좌를 알았겠는가

이 구릉까지 돌을 나른 사람도
돌 밑의 사람도
그 무게를 내려놓고 싶었을 것이다

산과 산 사이 빗발 묻어오는 이 시간에도
담쟁이 뒤집어쓴 돌무덤 속에서
영혼을 바래고 있는 사람이 있을 것이다

봄풀 오르는 충적토 지석묘 곁에 서면
여기 서 있는 것이 혼자만이 아니다

짜디짠 세상이여, 이 심심한 시들을 받아라

나　희　덕

　"남들 피 열 바퀴 돌 때, 일곱 바퀴 반만 도는 사람"이라고 나는 그에게 궁시렁거리곤 한다. 욕망을 생산하기 위해 쉬지 않고 도는 피가 그에게라고 돌지 않는 것은 아니겠지만, 장철문의 나지막함은 유난한 데가 있다. 그래서 그의 몸에는 차라리 들끓는 피 대신 수액이 돌고 있는 게 아닐까 생각해볼 때도 있다. 그를 마주하고 있으면 마치 서늘한 나무 그늘에 기대앉은 것 같다. 불가(佛家)에서는 세상을 불타오르는 집에 비유했거니와 그 불길이 내 마음자락에 옮겨붙어 팔딱거릴 때, 그가 내미는 것은 맑은 물 한잔이다. 아마도 그 불길을 끄기 위한 물이 아니라 숨 좀 돌리고 불길을 다시 찬찬히 바라보라는 의미에서 건네는 물일 것이다.

　　산이 낮아서 구릉이 오히려 넓다
　　말 또한 느려서
　　심성이 깊다
　　웬 길손이 이곳을 지나다가
　　무덤 속의 해골물을 들이켜고 천년 체증을 내렸다

그 트림소리를 듣고
바다 건너가 용을 안고 온 사람이 저 부석사 주인이다
———「직산」 전문

  본인은 전혀 의식하지 않고 썼겠지만 이 시야말로 시인 자신을 가장 잘 드러내고 있다고 느껴진다. 그의 나지막함이란 오히려 깊고 넓은 심성에서 나온 것이라는 것을. 그 속에서 흘러나온 맑은 물 (또는 해골물) 몇번 얻어마신 죄로 나는 감히 부석사 주인은 되지 못하고 이렇게 시집 뒷글을 붙이는 신세가 된 셈이다. 학교로는 같은 과 1년 후배이고 나이는 동갑인 그와 때로는 친구처럼 때로는 오누이처럼 지내온 지도 10년이 훨씬 넘었다. 그러는 동안 나는 한번도 그가 화를 내거나 뛰어가는 모습을 본 적이 없다. 그리고 어떤 자리에서든 스스로 주인공이 되어 소리를 높이는 모습도 보지 못했다. 그는 마치 '배경'이 되기 위해서, 숨기 위해서 존재하는 사람 같았다. 그렇다고 달리 은자(隱者)의 포즈를 취하며 사람을 멀리하지도 않는다. 작은 은자는 산속에 숨고 큰 은자는 사람 속에 숨는다는 말도 있듯이, 그는 늘 사람들과 함께 있으면서도 오롯함을 잃지 않는다.
  그런데 오롯하다는 것이, 나지막하다는 것이, 시에서는 반드시 미덕으로만 받아들여지지 않는 것 같다. 어느 정도의 욕망과 소란 없이는 문학이 불가능하며, 그 욕망으로 인한 갈등과 절망이 처절할수록 감동이 커진다고 여겨지기 때문이다. 그것이 불가능하다면, 하이에나 앞에서 키를 높이려는 인간들처럼 수사의 막대기를 흔들어대거나 아니면 자기 정신을 깊게 보이려고 일부러 얕은 바닥을 휘저어서 물을 흐려놓는 방법이라도 써야 살아남는다는 의식이 팽배해 있다. 그런 시인들을 향한 니체의 비난과 조롱은 통렬하기까지 하다.

분명히 시인들에게선 진주가 발견된다. 그러므로 시인은 그만큼 딱딱한 조개류를 닮은 것이다. 때때로 나는 그들에게서 영혼 대신에 짜디짠 점액을 발견하곤 했다. 그들은 바다로부터 허영심까지도 배웠다. 바다는 공작(孔雀) 중의 공작이 아닌가? 바다는 가장 추악한 물소 앞에서까지도 자신의 꼬리를 펼친다. 바다는 은과 비단의 레이스로 만든 자신의 부채에 결코 싫증을 내지 않는다. (중략) 실로 시인의 정신이야말로 공작 중의 공작이며, 허영의 바다인 것이다! 시인의 정신은 관객을 원한다. 비록 그 관객이 물소일지라도! (『짜라투스트라는 이렇게 말했다』 중에서)

비유가 너무 극단적이기는 하지만, 이 말에 뜨끔하지 않을 시인이 몇이나 될까. 나 역시 짜디짠 바다에서 진주 한알을 얻는다는 미명으로 하루하루 딱딱해져가는 몸을 이끌고 허영의 전략만 늘어가는 것이 아닐까 반문해보기도 한다. 그만큼 글 쓰는 일은 자기를 황폐하게 만드는 일이고 거짓 되게 만드는 일이 되기 쉽다는 생각이 요즘 와 절실하게 든다. 물론 그런 과정을 거쳐서 짠내 비린내가 깊이 밴 간고등어 맛이 문학의 제맛이라고 할 수 있을지도 모른다.

그에 비하면 장철문의 어떤 시들은 너무 심심해서 이게 무슨 맛인가 한참을 곱씹어야 할 때도 있다. 달콤한 조미료나 향신료조차 들어 있지 않다. 등단한 지 4년이 지나서야 내는 첫시집이라고 생각할 때, 그 심심함은 오히려 기이하기까지 하다. 느린 피와 느린 말 덕분에 세상의 속도로부터 좀더 자유로울 수 있었던 게 아닐까 싶다. 그가 견지하고 있는 나지막함이나 고요함이란 천성이기도 하겠지만, 한편 철저한 자기 수행의 산물이기도

하다. 그가 몇년째 근본선(根本禪)을 해오고 있는 것도 이와
무관하지 않을 것이다. 그러나 이런 선입견으로 그의 시를 지나
치게 불교적으로 읽어낼 필요는 없다. 내게 그럴만한 불교적 소
양이 없기도 하고, 그런 이해가 자칫 시읽기를 좁혀놓을 우려도
있기 때문이다. 다만 불교적인 것이 아니더라도 스스로를 비우
고 헐벗게 함으로써 남루에 가까워지는 일, 그러한 정신의 지향
은 곳곳에서 발견된다.

　　생략이란 저런 것이다

　　꼭지가 들도록, 한 생애를
　　채웠다 비우고
　　모세혈관처럼
　　허공을 껴안은 가지들
　　　　　　　　　　　　　　　　──「겨울 가지」 부분

　　저 남루 속으로 들어가고 싶다
　　비워진 숲의
　　한그루 참나무로 서서
　　여분의 피와 살 말리고 싶다
　　　　　　　　　　　　　　　　──「초겨울숲」 부분

　이처럼 군더더기 없는 정신이란 "여분의 피와 살"을 모두 말
리고 "물관도 체관도 다 겨울잠 재우고／웃자라 병든 가지일
랑／뿌리 곁에 떨구고" 난 뒤에야 비로소 가능해지는 일이다.
또 "꼭지가 들도록, 한 생애를／채웠다 비"운 시린 가지 끝의
서릿발 같은 것이기도 하다. 그러한 생략과 절제의 자세는 얼핏

추사의 「세한도(歲寒圖)」를 떠오르게 한다. 「세한도」를 볼 때마다 느끼는 것은, 선 몇개만 남기고 다 비워낸 듯한 그 단순한 구도가 오히려 꽉차 보인다는 점이다. 가장 큰 기교는 서툴러 보인다는 대교약졸(大巧若拙)의 경지나 너무나 곧은 것은 굽은 것과 같다는 이치는 이를 두고 한 말일 것이다. 결국 「세한도」에서 우리가 보게 되는 것은 서슬 퍼런 기상과 절개라기보다는 자유로운 정신이 낳은 파격과 절제이며, 그것이 만들어내는 커다란 '품'이다.

장철문에게서 보이는 비움의 자세 역시 궁극적으로는 모든 것을 끌어안는 '품'을 이루려는 의지에서 비롯된다. 「겨울 가지」에서 한 생애를 다 비워낸 나뭇가지가 완강하게 허공을 끌어안고 있다고 본 것이나, 「花舞」에서 여기저기 흩어져 핀 가을꽃들의 파장 속에서 "넉넉한 긴장"을 읽어내는 것들이 그 예이다. 또 「이중주」에서는 바다의 명치와도 같은 여린 조갯살의 상처가 보여주는 "시퍼런 집중"과 눈더미를 버티며 휘어진 새파란 대 위에 참새떼가 깃들이는 "저 커다란 품"을 엮어 하나의 선율로 만들고 있다. 이 선율 속에는 "넉넉한 긴장"이라는 말처럼 비움과 채움, 집중과 품이라는 역설적인 지향성이 동시에 존재하고 있다. 그의 시의 긴장이나 균형감각은 바로 이 두 개의 지향 사이에서 생겨난 것이 아닌가 싶다.

그러나 이러한 시들이 그의 정신의 밑그림을 보여주고 있기는 하지만, 활달하고 생동감 있게 그려지기에는 관념의 개입이 지나쳐 보이기도 한다. 오히려 이 시집에서 내가 좋게 읽은 시들은 의식의 지나친 긴장을 벗어나 삶의 결을 구체적으로 드러내 보이는 시들이었고, 이런 시들이 더 많았으면 하는 바람도 가져본다. 다시 말해서 관념의 앙상한 뼈보다는 부푼 근육이나 앓고 있는 살을 보여줄 때 대상이 한결 생생해지는 느낌이다. 내게는

겨울숲의 가난함보다는 햇살 환한 오후 자전거 탄 노인이 지나가는 거리의 풍경이 더 애틋하고(「자전거가 있는 풍경」), 진지하고 정갈한 구도의 목소리보다는 파장 무렵 장에서 생선 파는 아주머니나(「場 풍경」) 이모의 걸팡진 전화목소리(「서정리 이모」)가 더 흡인력 있게 느껴진다.

　이모가 전화하실 때는 곧 수화기 밖으로 뻗어나올 것 같은, 야이, 머시마야── 그 느닷없는, 경상도 사투리 넌출과 전라도 사투리 넌출이 한 밭둑을 타고 넘는다. 그만 가슴에서 지리산 줄기 하나가 꿈틀 일어서는 것이다. 뱀사골에서 오미자 덩굴을 헤치다가, 한치 앞 나뭇가지에 또아리 튼 까치독사와 딱! 눈이 마주쳐버린 그 얘기를 하실 땐, 거 참, 어떻게 살아야 이모 같은 장단이 익을까. 딸 여섯에 아들 하나인 우리 이모. 이모부 생일날 딸년들 몫으로 떡 한말 쪄놨다가 썩을년들 한년도 코빼기 안 비치면 광주리째 아영중학교 앞에 들고 가서 나오는 놈마다 한놈씩 이눔아, 왜 그리 어깨가 처졌냐? 이거 한덩어리 묵고 가그라. 이 세상 새끼들이 다 내 새끼마냥 짠해서 아나, 너도 한쪼가리 묵고 가그라! 뱀사골 오미자 맛이 시고 달고 쓰고 짜고 맵고 넓은 우리 이모 성깔만할까.

──「서정리 이모」 부분

　한평 남짓, 대문간 옥상에 올라가신 아버지는 종무소식이었습니다. "어채피 산동넨디, 저 어디 벤두리로나 가서 돼지나 한마리 키웠으먼 좋겄어." 몇년 전 쉰 넘어 밥 한덩이 버리던 어머니가 한숨이셨습니다. 얼마 뒤, 아버지는 공사장 떠돌 때마다 시멘트 한보자기씩 자갈 한보자기씩 얻어다가 대

문간 옥상에 텃밭을 만들었지요. "아부지 속터지는 일 좀 그
만하세요." 큰형님은 옥상으로 왼종일 흙을 져올리는 아버지
에게 짜증을 냈습니다. 오늘 그 하늘텃밭에서 아버지는 나발
같은 흰 꽃을 피운 百年草 꽃대에 야윈 볼을 비비고 계십니
다.

——「하늘꽃」 부분

기우듬히 하늘 비워낸 서탑도 서탑이지만, 거긴 참 어여쁜
스님 한분이 계셨어요. 갈대숲 이만치 다소곳이 합장하신 쑥
부쟁이님이신데요, 그분께서는 백젯적 기왓장 사이에서 무상
에 들어 계셨어요. 둘레엔 수천의 고깔 쓰신 고마리여승님들
이 승무를 하고 계셨는데요, 가을날 땅 위에 내린 미리내님이
었는데요. 이제 가보니 그새 가시고 안 계시더라구요, 아마
도 금빛 동탑 아래 꿈에 드신 채 입적하셨는지요.

——「미륵사지 옛적」 전문

이 세 편은 우선 산문시라는 공통점을 가지고 있다. 불필요한
수사를 최대한 배제하고 문어체적 긴장을 높이려는 초기시들에
비해 대상을 보다 정감있고 감칠맛나게 전달하는 구어체의 구사
가 돋보이는 시들이다. 「서정리 이모」에서 그는 "어떻게 살아
야 이모 같은 장단이 익을까" 감탄하고 있지만, 나는 이 시를
읽으면서 그의 가지런함 어느 구석에 요런 이야기 장단이 숨어
있었을까 감탄하기도 했다. 서정리 이모의 넉살과 능청, 그리
고 뱀사골 오미자 맛보다도 "시고 달고 쓰고 짜고 맵고 넓은"
성깔에 힘입어 이 시는 육질을 풍부하게 보여주는 드문 예라고
할 수 있다. 그 성깔의 속내에 "이 세상 새끼들이 다 내 새끼마
냥" 짠하게 느껴지는 치마폭 같은 모성이 들어 있다는 것은 굳

이 설명하지 않아도 잘 드러난다. 그런 점에서 이 시는 '품'을 지향하는 것이 아니라 이미 '품'을 구현하고 있다.

「하늘꽃」에서 아버지는 대문간 옥상에 일구어낸 하늘텃밭에 피어난 흰 백년초 꽃대롱에 야윈 볼을 비비며 자식을 앞세운 한을 달래고 있다. 인용부에 이어 "들리는구나 얘야 흰 꽃대롱 속에서/어린날 네 웃음소리가/네 자식놈/목젖 보이는 웃음소리가/고맙다 얘야/이렇게 잦은비 뿌리는 날/손 노는 날 가려/왔구나 얘야" 하는 아버지의 목소리가 이어지는데, 담담하면서도 간절한 목소리는 모든 상처들을 감싸고 다독거린다. 저승의 아들마저 비 내리는 틈을 타 잠시 쉬어가는 그 '품'은 아버지의 것이면서 동시에 몇년 사이에 두 형을 잃어버린 시인이 죽음을 끌어안는 데서 생겨난 품이기도 하다.

그런데 「하늘꽃」에서의 아버지와는 사뭇 다른 아버지의 모습이 있어 눈길을 끈다. 「고해」라는 시를 보면 그의 고통의 원체험이 적나라하게 드러나 있다. 시인은 지옥 같던 어느날 밤을 떠올리면서 "사금파리, 사금파리, 사금파리…… 그날로부터 나는 모든 날카로운 것들과 싸워왔다." "오늘까지 나는 세상을 자정이 넘은 거리로 보아왔다." "애비여, 개새끼들이여. 이렇게 외치지 않고 나는 쇳조각을 녹일 수가 없다."라고 절규한다. 이러한 고해와 부정이 없이는 사금파리들처럼 가슴에 박힌 상처들을 녹여낼 수 없었을 것이다. 그리하여 "풀무로 쇠를 녹이듯" 살아온 고통의 밤들이 피워올린 푸르름의 세계는 단순한 평화만은 아니다. 얼핏 평화롭고 고요하게만 보이는 그의 세계가 실은 절망이나 죽음과의 기투 속에서 간신히 이루어진 것임을 느낄 수 있다.

그런 점에서 자연을 노래한 시들도 다시 들여다볼 필요가 있다. 「미륵사지 옛적」은 오래된 서탑과 쑥부쟁이와 고마리와 미리내와 기왓장이 서로 어우러진 채 생성 소멸하는 모습을 독특한 의인법을 통해 그려내고 있다. 그것은 자연을 인간의 잣대나 시적 의미에 따라 변형하고 왜곡하는 의인화가 아니라 작은 풀포기 하나에까지 생명에 대한 지극한 경의를 표현하는 방식으로 존재한다. 그에게 있어서 자연은 인위적인 정서나 사상의 대체물이기를 한사코 사양하는 것처럼 보인다. 자연물이 시에 들어오는 한 어쩔 수 없이 문자화의 과정을 겪게 되지만, 그의 시에서 나무, 풀, 새, 돌, 벌레 들은 풍경을 이루는 하나하나의 자모(字母)일 뿐 크게 변형되지 않는다. 제가 시 속에 들어온 줄도 모르고 개미는 부지런히 흙을 퍼올리고 있고, 청설모는 작고 까만 눈동자로 한참 동안 누군가를 바라보다가 제 갈 길을 가고, 늦호박은 잎새 뒤에서 저 혼자 여물어간다. 시인인 '나'는 숲속에서 모기 한마리와 신경전을 벌이기도 하고(「모기는 둥글다」), 마른 풀잎들 속에서 이명처럼 우는 씨르래기들과 노래를 부르기도 한다(「마른 풀잎의 노래」). 시인 자신도 마이크로코스모스의 일원이 되어 그 작은 존재들의 눈높이를 가지게 된 것이다. 보르헤스의 말처럼 "우주는 신이 쓴 하나의 거대한 책"이며 시인 역시 그 문장 속의 하나의 자모를 차지하고 있을 뿐이다.

그런데 이런 의문이 들기도 한다. 지금 우리가 일상적으로 경험하고 있는 자연과 어쩔 수 없이 응낙하고 살아갈 수밖에 없는 문명적 조건이라는 것이 그런 화해와 일치를 가능케 하는 상황인가 하는 것이다. 어쩌면 자연과 불화할 수밖에 없는 생존의 조건이 그를 시인으로 만들었는지도 모른다. 3, 4년 전 그는 난지도라는 곳에 '감전'되어서 시간만 나면 그곳을 서성거렸다. 그때부터 그의 몸은 아프기 시작했다. "지하처럼 음습하며 사금파리같이 빛나며 추레하고 새앙쥐 썩는 냄새가 나는"(「난지도 가는 길」) 그곳이 제 몸처럼만 여겨져서 마치 불덩이 같은 게 하나 가슴에 들어앉은 것 같았기 때문이다. 그가 대학시절에 놓았던 시를 다시 쓰기 시작한 것도 그 불덩어리를 다스리기 위해서였을 것이다.

나는 아침저녁으로 자유로를 오가는데 난지도 근처를 지날 때면 내 눈빛은 무언가를 찾듯 더듬거린다. 거기 어떤 풀과 나무들이 자라고 있나. 새들이 어디에 모여 사나. 그 풀과 나무와 새들이 생존의 바로미터라도 되는 듯이 말이다. 달리는 버스의 속도 못지않게 난지도의 푸르름 또한 하루가 다르게 가속이 붙고 있다. 그 푸르름을 보며 나는 하마터면 아름답다,고 말할 뻔했다. 인간의 욕망이 이루어놓은 쓰레기산조차도 무심코 지나가는 이에겐 아름답고 풍요로워 보일 수 있다. 그러나 그곳에서 살아가거나 제 몸처럼 앓고 있는 이들에게 난지도는 고통의 총화일 뿐이다. 그래서 그는 난지도의 아침을 두고 이렇게 말했다. "푸르름이 이토록 뼈아파서 평화 없이는 갈 수가 없다"(「난지도의 아침」).

만일 그 푸르름의 뼈아픔을 겪어내지 않았다면 장철문은 시인이 되지 않았을 것이다. 난지도가 그의 시가 생겨난 원적(原籍)이라는 사실은 그의 자연시들을 단순한 음풍농월이나 선시, 생태시들과 구별하도록 만들어준다. 그는 자연을 단순한 풍경이나 현상으로서 바라보는 것이 아니라 거기에 내재한 우주적 질서에 스스로를 합일시킴으로써 전체로서의 세계를 포착하고자 한다. 그리고 한 인간으로서 겪어야 했던 운명적인 질곡 역시 그러한 질서 속에서 수용해온 것이다. 그의 시가 고통의 절정에 서 있기보다는 고통이 삭여진 자리, 썩고 썩어서 푸르러진 자리에 놓여 있는 것은 그런 이유에서일 것이다.

그는 1994년 장시천(張侍賤)이라는 필명으로 시인이 되었다. 나는 그에게 왜 그렇게 동학(東學)물이 뚝뚝 떨어지는 이름을 쓰느냐고 핀잔을 준 적이 있다. 이십대를 보내는 동안 동학에 대한 관심과 장일순(張壹淳) 선생의 영향을 깊이 받고 있다는 것을 어깨 너머로 눈치채고 있던 나로서는 그러한 경도가 문학과는 거리가 있는 것으로 느껴졌기 때문이다. 그러나 그는 말없이 '시천'이라는 이름대로 천한 목숨들을 마음으로 모시고 돌보며 살았다. 그것이 문학의 길이 되든 그렇지 않든 그 자체가 중요한 것은 아니었다. 일단 시인이 되면 문단에서 어떻게 자리를 잡을 것인가 전전긍긍하는 것이 현실인데 비해, 그는 오만하다고 느껴질 만큼 시인으로서의 자리에는 무관심해 보였다. 시를 모시기보다는 그 마음자리에 온갖 '천(賤)'과 '천(天)'을 모시고 지내온 그에게 시는 한갓 그림자에 불과한 것이었는지도 모르겠다.

이제 그가 장철문(張喆文)이라는 이름으로 돌아와 시집을 낸다. 시천이란 이름을 버렸다기보다는 그 이름으로부터 자유로워졌다고 보아야 할 것인데, 나는 그것을 일상인으로의 귀환이라고 부르고 싶다. 그리고 시로의 귀환이라고 말이다. 시가 단순한 그림자만은 아니며, 시와 삶과 마음이 따로 존재하는 것이 아니라는 걸 그 역시 느꼈을 것이다. 이 시집의 가장 마지막 시이자 표제작이기도 한 「바람의 서쪽」이 그걸 말해준다.

바람 부는 충적토 지석묘 곁에 서면
이렇게 서 있는 것이 오늘만이 아니다

이 구릉에서 돌창을 다듬은 사나이도
잔솔밭으로 달리는 고라니를 쫓다간
바람 밀려가는 서녘을 바라보곤 했을 것이다

고타마만이 가부좌를 알았겠는가

이 구릉까지 돌을 나른 사람도
돌 밑의 사람도
그 무게를 내려놓고 싶었을 것이다

산과 산 사이 빗발 묻어오는 이 시간에도
담쟁이 뒤집어쓴 돌무덤 속에서
영혼을 바래고 있는 사람이 있을 것이다

봄풀 오르는 충적토 지석묘 곁에 서면
여기 서 있는 것이 혼자만이 아니다

　시천과 철문이라는 두 이름 사이에서 일상과 초월을 넘나들며 살아온 정신의 여정을 생각해보면 그가 그동안 땅에다 발붙이고 용케도 살아왔구나 싶다. 이따금 마포 어디쯤에서 그와 헤어질 때 멀어지는 뒷모습을 바라보면서 그가 그렇게 걸어가 영영 돌아오지 않을 것 같은, '바람의 서쪽'을 향해 덧없이 사라져버릴 것 같은 느낌이 들고는 했다. "오랜 상처와, 내가 걸어온 길의／코스모스였던 사유들, 발목이었던／고통들, 바람의 출처였던 비애들／신발로 벗어두고." "천연덕스럽게 내려다보며,／한 우주도 너끈히 들어갔다 나올／저 허황함 속으로／퇴근길의 특별할 것 없는 귀가처럼."(「마포, 1996년 겨울」)
　그러나 「바람의 서쪽」에서 그는 말한다. 오랜 세월 돌무덤 속에서 영혼을 바래고 있는 사람도, 그 옛날 무덤을 만들기 위해 돌을 나르고 돌창을 다듬은 사람도, 오늘 그 지석묘 곁에 서 있는 '나'도 결국 하나이며, "이렇게 서 있는 것이 오늘만이 아니"며 "혼자만이 아니"라는 걸. 또한 그는 긍정한다, 바람의 서쪽으로 걸어가는 길뿐 아니라 돌처럼 완강한 삶의 무게를 견디며 살아가는 일이 모두 가부좌임을.

　삶의 집착으로부터 자유로워지려는 방식이 참선이라면, 시는 삶의 무게를 끌어안고 짊어지는 방식이다. 나는 그가 두 가지 방식을 함께 지니고 가는 것에 대해 회의와 기대를 동시에 가진다. 문학이란 집착없이는 불가능하지만, 진정한 문학이란 집착을 넘어설 때 가능한 것이기도 하기 때문이다. 그 긴장을 지탱해가는 것은 전적으로 그의 몫이다. 내가 할 수 있는 일은 오로지 그 사이에 풀처럼 돋아난 이 시들을 먼저 맛보고 누군가에게 권하는 것뿐이다. 짜디짠 세상이여, 부디 이 심심한 시들을 받아라. 시라는 옷조차 걸치기 두려워하는 이 남루의 영혼을!

후　　기

　오랫동안 문학의 막다른 골목, 거기는 죽음이라는 공포에 시
달렸다. 작은형님이 스스로 선택한 길을 가신 뒤, 십년 가까운
세월이었다. 그러나 끝없는 부유(浮游)를 그만두기 위해서는
이 길밖에 도리가 없었다.

　시를 써야겠다고 생각하던 그즈음, 두려움을 떨쳐내려고 홀
로 지리산 줄기를 헤맨 적이 있다. 그때 이렇게 쓴 기억이 있
다. "벗이여, 삶이란 어차피 육탄돌격이다." 그리고 이 시들이
씌어지는 동안 다시 큰형님을 잃었다.

　나의 시쓰기가 육탄돌격이라고는 할 수 없다. 다만 싸움이었
다고는 할 수 있다. 죽음과의. 그리고 그것은 역설적이게도 화
해의 기록이 되었다. 죽음과의. 삶과의.

　늘 고통밖에 아무것도 없는 '삶'이 통째로 들어갈 '품'이 그리
웠다. 옹이박인 상처들이 바람처럼 풀려가는 세월을 꿈꾸었다.
그리고 이제야 그 근원이 다름아닌 자신에게 있음을 알겠다.

　다시 읽어보니 아심찮다. 작정한다면 쉰서넛 중에 열너덧도
겨우 남지 싶다. 그나마 시집을 정리하면서 얻은 게 있다면, 시
마저도 고통의 한 거처라는 것이다.

　딴에는 힘겹게 묶었다. 부족하나마 두 분 형님의 안식에 바친다.

1998년 5월 중지도에서
장　철　문

창비시선 176

바람의 서쪽

ⓒ 장철문 1998

1998년 6월 15일 초판 인쇄
1998년 6월 20일 초판 발행

지은이/張喆文
펴낸이/김윤수
펴낸곳/㈜창작과비평사
등록/1986년 8월 5일 제10-145호
주소/서울 마포구 용강동 50-1 우편번호 121-070
전화/영업 718-0541, 0542
　　　편집 718-0543, 0544
　　　　독자관리 716-7876, 7877
팩시밀리/영업 713-2403
　　　　　편집 703-3843
하이텔·천리안·나우누리 ID/Changbi
인터넷/홈페이지 www.changbi.co.kr
　　　　　　　　www.changbi.com
　　　　전자우편 changbi@changbi.com
우편대체/010041-31-0518274
지로번호/3002568
전산조판/동국전산주식회사

ISBN 89-364-2176-X 03810
＊책값은 뒤표지에 표시되어 있습니다.